사람의 저녁

사람의 저녁

박현태 시집

토담미디어

새장 헐기

맘 속에 키우던 새들을
방천防天해야 겠는데
달빛이 창에 걸려 펄럭이고 있다
흐르는 강에 가서 씻고 왔는지
실비처럼 젖어서 날아가려 한다

그러는 사이
화분의 난초는 잠에 들었고
나는 입춘이 언제인지 몰라서
달력 앞으로 가는데
새들의 기운이 상할까
순한 짐승처럼 가만히 걸으며
머지 않아 새벽이 올 것 같아서
서둘러 방천하는 꿈을 깼다

종이 비행기를 타고 휘익 한 바퀴
지구를 돌아보고, 혹 남는 시간에
보름달에 가서 비스듬한 잇빨이나
하얗게 닦고 올까 한다.

2014 초여름
박현태

차례

2부

1부

농담이라고

우리네 즐거운 삶과

우정과 사랑도 어쩌면

농담의 덕택인지 몰라요

농담은 양념같은 거

간이 맞지 않는 음식이

무슨 감칠 맛이 있겠소

마음이 아무리 허기지다 해도

소태를 마시긴 싫은 법

즐겁고 따뜻한 세상사

농담처럼 한 줄의 시와 같은 것.

봄, 그 화창한 날

머리에 꽃 꽂힌 여자가 있었지
꽃이 자기인지
자기가 꽃인지 분간하지 못했어
폴락폴락 꽃처럼 웃었지
사람들은 수근댔지만
하늘 아래 들꽃이듯
그냥 피다가 졌지.

존재의 가벼움

거리에 바람 혼자서
쓰레기와 놀고 있다

세상이 스스로 숙이며
고요해지는데

날라가던 껌 껍질 하나가
배와 등을 뒤집었다 폈다 한다

저들이 무슨 놀이를 하는지
세상이 얼마나 가벼운지

쪼그리고 앉아서
한참 본다.

사소한 기쁨

내 집에는 작은 창이 있고
혼자 있는 시간
창이 친구가 된다
마주 앉아서 차를 마시고
말 없는 대화를 한다
비 오고 눈 내리는 날엔
더 가까이 얼굴을 대고
아름답게 변하는 세상을 본다
네 속에 내가 있는지
꼭 같이 기쁘기도 외롭기도 하기에
나도 창이요 하니, 창은 반대하지 않는다.

종이편지

종이 편지를 꺼내 놓고
오래 묵은 사연을 돌아 봅니다
세월이 가서 희미해진 잉크에
먼지 묻은 그리움이 번집니다

그렇습니다
지나간 것에는 미움이 없습니다
아물거리도록 멀리 간 것들 모두
애잔하고 살갑습니다

　바람이 불던가요
　더러는 꿈 속으로 맺히는 초록빛 이슬
　봄은 그렇게 춤추며……
　뵙고 싶습니다
　　　　　－ 클라라 드림

곱게 살던 사람이

서랍 속에서 나온 편지 한 통에
비 젖는 보안등처럼 흔들립니다

큰 것 보다는 작은 것에
기쁨보다는 슬펐던 날들에
더욱 애잔함이 가는가 봅니다

편지 속 얼룩진 글자가
그림처럼 일어서니
재미 쏠쏠한 시첩이 됩니다.

백년해로

빛 바랜 은색을 탁탁 털어
저무는 석양에 걸어 둔다
떨어지는 별 비늘 창틀에 놓게 한다
가지 끝 홍시 한 알을
저무는 달빛에게 슬며시 건네 준다

나머지는 그대로 두고
무심히 나며 들며
늙어가는 아내의 빼빼한
심줄 한 줄기
달랑달랑 소리나게 걸어둔다.

간병일기

1.
눈이 내린다, 세상이
소복해지는 그 시간
두 손을 허리춤에 얹고 먼동을 깨우는
한 쌍의 박새를 본다
평화는 그렇게 하얗고
정적을 깨고 지나가는 자동차 바퀴는
참 역동적이다
그들이 그들만큼의 몫으로 존재하는
지상의 눈밭을 걸어보고 싶을때
자명종이 운다
아내가 약물을 마실 시간은 6시
겨울 강이 바다에 당도할 때까지
더는 얼지 못하게
눈이 내리고
이 아침에도 아내는
생명의 뚜껑을 열고

삶을 이어 갈 링거를 맞고 있다.

2.

지난 밤엔 세상이

다 무사했다 해도 나는 잠들지 못했다

생명의 껍데기가 서성이는 동안

시계 혼자서 똑딱거리며 시간을 되돌려

신혼의 초야를 환상케 한다

창은 까맣고 하얀 바깥이 얼레처럼 걸어 다니는데

살아 있는 자들의 숨소리가 참 가늘다

그렇다 지나간 것은

지나간 만큼 아쉽고 그리워지는 밤

눈이 내리고

몇 년 몇 월 며칠 몇 시와 상관없이

고개를 숙여

그만큼 마른 마음을 게워내고 있다

지워도 다시 살아나는 천 갈래 만 갈래가

아내의 구근까지 가겠지만

눈이 뜸하자

하늘의 별들이 눈밭으로 쏟아지고 있다.

3.

날개가 있으면 좋겠다

잠 깬 아내의 맑은 눈동자를 싣고

하늘로 하늘로 올라

새하얀 지상을

빼꼼하게 보여주고 싶다.

종이 비행기

종이 비행기를 타고 청동시대로 가자

가서 천둥벌거숭이들을 불러 모아

강이 흐르는 둑을 바람이듯 달리자

비행기를 타면 시베리아도 가고

남아프리카 케이프타운 희망봉도 보지만

우리들의 타임머신은 종이 비행기

지우개로 지워진 공책 한쪽

그립고 아쉬운 세월의 푸른 날개로

포르륵 포르륵 포물선으로 날아가

그 시절 풍광들을 수학여행하자

휴식

목선 하나 나직히
노을의 꼬리를 잡고
시골 포구에 기항하고 있네

이제 곧 어두워지면
까만 닻을 갯가에 내리고
항해의 피곤을 밀물에 풀겠네

다시는 출항이 없을 것처럼
작은 몸을 더 작게 오무려
벗어 놓은 신발처럼 쉬고 있네

이윽고 포구의 밥집에
불이 켜지네.

사람의 저녁

지상의 생명 하나 집에 간다
기듯이 걸어서, 때로는 날아서
빳빳하게 나온
아침의 아침 길, 되돌아0 간다
오늘은 어제와 같았고
내일도 그럴지 몰라도
길은 언제나 그 곳에 있고
산 자의 하루가 구차해도
비우고 돌아오는 길은
한가롭고 달콤하다
늙는다는 게 설혹
껍질뿐인 의미일지라도
인간의 권력과 세상의 협잡을
효소처럼 삭이면서
평화로운 다리로 꺼벅꺼벅
눈썹 위의 허상들이 허옇도록
바람 안고 집에 간다.

그러거나 말거나

도무지 알 수 없는
내가 나를
홀딱 벗고 생각한다
운과 명
눈 딱 감고 생각한다

산다는 게 그러느니 하니
더 볼 것도, 더 알 것도
더 바랄 것도 없다

그러거나 말거나
시나 쓰고 살아가려 하는데
창밖 100리 쯤에서
들풀 마르는 소리가 들린다

그래서 이렇다.

돌아 오는 꿈

잠자리에 들면서 의자 생각을 했더니
밤새 고목 한 토막 뚝딱 망치질한다
뒤척일 때마다 구멍 뚫리는 등걸 속으로
쇠톱이 들어오고 톱니에 쓸려나오는 나이테가
고두밥처럼 머리맡에 쌓인다
그로부터 미로를 걸어가던 어머니의 발자욱에
민들레가 핀다
눈을 떠 보니 하얀 꽃씨가 방안을 배회하고 있다,
잠시만에 관절 풀린 나무들이 하얗게 껍질을 벗으며
네 개였던 의자 다리가 어름 대여섯 개
신의 눈이 안경을 벗고 설핏 내려다 본다.

너나 나나

개미들이 길바닥을 가는데
나는 걷지 못한다
무슨 일인지
그들은 몹시 바쁘다

생각없는 다리로
멍청히 걸어 가자니 밟을 것 같고
서 있자니 기어 오른다

천상천하 너나 나나
생명은 하나
태산만 한 구두 속에 숨은 다리가
좁쌀같이 덜덜덜 떨고 있다.

가을 강물에

강물이 유리처럼
맑은 속을 내놓고
알몸을 흔들고 있다
물 속을 보니
잉어가 잉어를 따라 노는데
꼬리에는 기운이 실려
가을 햇살을 희롱한다
가당찮게, 새들도 운정 속에
군무를 추고 있다
물 속이 물 밖과 같을 수도
아닐 수도 있다

다만, 그물 걸린 성긴 가을이
헛바람을 건지고 있을때
산에서 내려 온 황색 그림자들
잎새처럼 또는 꽃처럼
노 저어 간다.

바람과 함께 춤을

소쿠리로 물을 받는다
물은 없고 물기만 남는다
속 없이 사는
이런 짓, 누구의 사랑법이기에
꿈꾸듯 아름다운가
하늘 아래 무사히 살아가면서
잡스런 생각 왜 할까

위선과 진실을 한몸에 가두고
그 둘을 다스리는 게 인생이라 하는데
그대 그만큼의 외줄타기란
얼마나 아름다운가

바람이 분다, 비가 오고, 또 오고
젖은 것들 다 부드러워진다
그리고 사라진다.

문득 신촌을 지나며

내 앞에 있는 이 곳은
이름 그대로
언제나 새마을

기쁘고 즐거운 날에
골목마다 걸어 두었던 꿈

바람 부는 날마다
박제된 날개를 털고
푸드득 푸드득
풋풋한 청춘으로
되살아오는 길.

해동 무렵

살얼음 속살이 새파랗다
꼬무락이기도 한다
단잠 깨우는 것일까
새싹처럼 햇빛 따라 자라나는
부드러운 것들이
나무에서 흙에서 물에서 기어나온다

돌다리 아래 하얀 물결이
아지랭이가 되더니
태양 앞으로 날아가는 나비가 된다
비행운이 하얗게 뻗는 하늘 길을
소금 꽃처럼 부서져 내리는
정오의 봄볕 아롱다롱한다.

동행

1

두 몇 돌박이
손녀의 손을 잡고 집에 가는데
나는 한 발짝씩 떼고
손녀는 두 발짝씩 뗐다
집에는 꼭 같이 왔다

2

물은 아래로 흐르는데 물결은 돌아가려 한다
폭포는 떨어지는데 방울들은 튀어 오른다
편서풍이 불면 갈대가 울고 숲길은 동쪽으로 휘인다
나는 죄 없는 그들을 미워하고 사랑해도
수리산은 높은 데나 낮은 데나 모두 수리산이다

3

나는 내가 나를 속일 때가 재미 있다
너도 나처럼 살려거든 왼손이 되어라

걸을 땐 두 발이 함께 하는데

글을 쓰고, 고기도 잡고, 걸레도 빠는 오른손은

왼손 모르게 하라 한다.

내 여자에게

우리 만날 때는 루즈를 바르지 말고 와라
웃을 때마다 반짝이는 이빨을 보게
말할 때마다 나불거리는 혀끝을 보게
아이쉐도우도 바르지 말고 와라
굵은 눈꼽만 떼어내고 와라
더욱 선명하게 떠 있는 눈알의 흑백을 보게
촉촉히 고인 눈물의 아련함 보게
머리도 감지 말고 툭툭 털고 와라
쥐어뜯기 쉽도록 헝커러진 머리칼을
손가락으로 빗겨주고파서 안달나게
단추도 채우지 말고 와라
네 속옷이 시방 무엇을 하는지 궁금하여
훅훅 타오르는 몸살이 불덩이가 되도록 해라
그리하여 진정 내가 네 것이 되게 해라—

섬이고 싶네

바다가 전부 물인것 같아도
섬이 있네
물만 있는 게 아니고
둥둥 떠도는
하늘과 구름 그리고 섬
셋의 생각처럼 떠 있고 싶네.

알밤을 깎으며

한 톨의 생밤을 깎으면서
지구의 자전을 생각하네요

사람은 밤나무에서 태어난 게 아니지만
알밤이 하얗게 칼날에서 돌아 나올때
자꾸 그런 생각이 드네요

창문을 닫아 두어도 시간이 가는게 보이고
나도 따라 가네요
초롱에 간힌 새나 초롱 밖의 새나 같이 늙네요

입술을 다문다고
나이를 먹지 않는건 아닌듯한데도
기운이 빠져나가고 있는 지구의 자전처럼
조금씩 기우는 반달처럼
아삭아삭 뼈깎기하네요.

광복절 특수

TV 속에서 빙하가 무너져 내리고 있다
더위가 몇 발짝 백곰처럼 물러선다
그들이 태평양에 가서 고래밥이 되는날
나는 창가에 광복절 태극기를 단다
사람들이 집을 비우고 여행을 떠난 후
내 혼자서 더위를 이기는 방법으로
졸음 속에 떠도는 물색 그림을 본다

그럴 시간이 아닌데
서산으로 가버린 해
그렇게 문득 내 삶이 황혼임을 느낄때
금방 핸드폰이 운다
이럴때 내가 지켜야 할 법은 침묵이다.
설혹 태풍이 힘차게 일어나
바다를 뿌리채 뽑아 타이페이해안을 휩쓴다 해도
보이는 세상과는 거리를 두는게 좋다.

이마로 보다

선생님, 이마가
왜 그리
반짝이세요?

침침해지는 내 눈이
이쁜 너를
더 빠꼼히 보라고
반짝이는 거다
이년아!

꽃이 고운 날

꽃피는 물가에 앉아
흘러가는 물길을 보면
마음이 급해집니다

봄이 가기 전
몸이 늙기 전
나보다 물이 먼저
바다에 갈까 걱정입니다

창공을 훨훨 날고 싶은 건
깃털 빠진 새만이 아닙니다
꽃이 지기 시작하면
사랑하지 못했던 것들이 보입니다.

맨발애愛

내 맨발을 보면 살갑기도 서럽기도 합니다
오래 쓴 걸레 같습니다
더듬더듬 만져 봅니다
간질간질, 감춰둔 성애같습니다
갈라진 뒷꿈치가 참 못생겼지만
이빨 빠진 할애비 웃음 같습니다
긁어주자, 허연 가루들이 터덜터덜
침묵처럼 떨어집니다

참 미안합니다
단 한번도 당당하질 못했습니다
남 앞에서는 꼬물락 꼬물락 감추기만 했습니다
뭐가 그리 부끄러웠을까요
구멍난 양말이 도둑눈 같나요
왜 그랬을까요
바닥에서 흘리는 비지땀
꼬리꼬리 냄새들 누구의 탓일까요

수고했습니다 고맙습니다

소가죽 구두든 말가죽 등산화든 비단 슬리퍼든

내 맘대로 구겨 넣은 걸 속죄합니다

나이보다 먼저 늙고, 몸보다 빨리 상해

사람 앞에선 부끄럽고 남 몰래 살가운

인생의 끝물이 맨발입니다.

회답을 기다리며

겨울강에 앉아

강물을 들여다 보니

얼음 밑으로 흐르는 물이

뼈 속까지 보여준다

너무 맑다

사람도 자꾸 늙으면 저리 될 수 있을까

옛 청춘의 봄날

나뭇잎에 적어서 띄워보낸 편지는

여태도 회답을 하지 않는데

나는 그때의 아이처럼

턱을 고이고 앉아 궁금해 한다

그네들, 아직도 강물일까 바다일까

구름이 되었으면 비로 올까 눈으로 내릴까

오래 살아서 하얗게 바랜

기억 저편 오래된 사연들 나풀나풀 머리 풀고

노란 햇살 속으로 반짝반짝 떠 간다.

겨울 밤 귀뚜라미

자정입니다

겨울 밤에

귀뚜라미가 웁니다

어디쯤인지 몰라도

누구를 찾아 나서는지 몰라도

띄엄띄엄 옮기면서 웁니다

통풍처럼 잠이 오지 않는지

노목처럼 허리가 아픈지

할아버지 해소 기침처럼

잦아지는 톤으로

겨울 귀뚜라미 한 마리가

오래 흘러간 시간의

옹벽을 헐어내고 있습니다.

문 닫긴 밥집 앞에서

뒷문도 닫겨 있었으나
비는 내리고
문고리에 묻은 얼룩이 씻기고 있다
지금은 따질 때가 아니지만
그때는 그랬다
보리고개 때는
아침엔 보리죽 먹고
점심은 지나갔다
혹시라도 그렇지 않는 날은
저녁 밥을 굶었다

그때의 한 끼는 명줄이었다고 치자
추억조차 아린다고 치자
아픈 것은 이것만이 아니다
이제 잊을 때쯤, 지루하게 비는 내리고
뱃속이 꼬르륵꼬르륵 한다
부끄러운 것은 이것만이 아니다

성욕과 식욕은 감춰야 한다고 할지라도
내 절반의 모습은 너무 허기지다

위선처럼 쉬운 건 없다
그래야만 아프지가 않다
사람마다 다른게 삶이다
뒷문에서 다시 앞문을 가 본다
밥집 문은 열리지 않았고
비만 내린다.

그냥 가벼운

꽃 피는 봄날
사람이 길을 가고 있는데
왜 그러는지 몰라도
머리 위로 새가 날아간다
누가 저 비행의 뜻을 알겠는가
삶이란 수사학이 아닌데
집에 가서
시나 한 수 써 볼까.

그 산에

피나물 꽃이
노오란 단추들 같이 핀 거기
큰 나무 밑에
쉬어가는 길이 있는데

숲을 나르는 웃음 소리가
두툼한 오름쯤에서
다갈색 아메리카노로
심심한 허리를 푸는데

그대 때문에 더욱 나직히
늦봄에 피는 꽃 참 곱다.

강물같이

깊은 강은 흐르면서도 소리내지 않는다
말이 그렇지
떠난다는 것만큼 슬픈 게 있으랴
물도 그렇지
한 방울씩 모이고 만나 강이 되기까지
흙을 적시고 돌 틈을 걸어
비좁은 개울을 건너면서
얼마나 아픈 소리를 질렀으랴

저기 넓고도 큰 허망의 깊이까지
헤어지고 모이면서
길고 먼 여로에 뒹굴고 깨지면서
생명의 쓴맛 단맛 곰삭아
이제 이 강이
보기에도 늠름하게 속으로 흐른다
사람도 그렇다.

나는 몇 마리 나비를 보았나

내 속에
양심이 있을까 하고
하루 내내 따라다니다 보면
흐드러지게 꽃 핀 유채밭이 나옵니다

누가 이 작은 마을을
통치하는지는 몰라도
나비 한 마리 자유로이 날아다닙니다

눈을 감고 생각해 봅니다
인생 70에
몇 마리의 나비를 보았을까
아이같은 나는
처음 본 거울처럼 화들짝 놀랍디다

도시의 봄날
은색 비행기 한 대가 고개를 숙이고

나비 꽁무니를 따라
두 줄을 그리며 날아갑디다

창공이 푸르른 날은
세상만사 참 아름답습디다.

물수제비란 것은

쬐그맣고

납작한 돌을 골라

새파란 물 위로 아득히 던지면

물에 빠지지 않으려는 돌이

제비처럼 얇은 날개를 몇 번이고

물면에 닿았다 떴다 어쩌면 나비같이

우리네 삶 같이 날아가다

간 만큼 퐁당 하는 것이 물수제비란다

아이야 나의 이 말이

이해가 되는지 어쩐지 몰라도

겨울 물은 차갑고, 여름 물은 더울지라도

세상인심이 그럴지라도

물수제비란 놀랍게도

기타줄 같은 것이 추억을 헤집어서―

알겠니, 탱탱탱 심줄을 튕기는 맛을

삶은 그런 것이다.

한 여름 날의 오수

책장이 한 장씩 일어났다 누웠다 한다
권태를 안은 선풍기가 바람을 피우는 내내
첫 페이지도 보기가 싫어 곁눈질만 한다

저 뚱뚱하고 미련한 책이
무슨 말을 얼마나 길게 하려고
저리 버티어 미동도 않는지
사각형 공간에 연두부처럼 고이는 침묵

이따금 바다처럼 와서
파도처럼 쏟아지는 매미들의 합창이
목숨조차 쉬어감을 확인시켜 주고 있다

더위보다 좀 더 외로운 복날
뉘 집에서 생닭을 삶는지
잘 익은 냄새가 들어와 갈비뼈를 쑤신다

가볍게 고개를 기대어

졸고 있는 글자들

그 까만 깨알들을 목침하여 선잠 든

깃털같은 오후--

양털같은 새벽에

눈이 내린다

보드라운 양털처럼

돌계단의 팔베개가 된다

생각해보니 하늘과 땅은 멀지 않다

그래도 눈은 산동네에 먼저 와서

흐르는 강물까지 시간이 걸린다

모가지를 내미는 하얀 것들

뚜벅뚜벅 비탈길을 걸어서

하구에 뜬 섬들이 흐릿하게 보일때

여태도 따끈따끈한 연탄재 머리에

자박자박 양털같은 눈이 내린다.

바다가 있는 작은 풍경

가을비 내리면서
옆구리로 기어든다
그리움이 사는 섬에 바닷새 날고
섬도 따라서 새가 된다

서풍이 불면 올해도
달빛은 느리고, 발이 길다란
오징어가 잡힐까

오래된 나무 숯대가 빳빳하게 서서
해풍을 기다리는 까만 눈

그것만이 아니다
보지 않아도 보이는 물 속에는
오래도록 용왕님 살고

나는 언제 쯤 허상에서 자유가 될까

운석 하나가 빠르게 달려와

풍덩,

비 젖는 바다에 빠진다.

삶에는 이따금 멀미가 온다

— 사랑 서시 1

너는 거기 있었고

작은 풀꽃들이 피는 바위 뒤에서

포옹한 그것이 사랑이었어

산에서 내려 온 감미로운 바람이 자꾸

쓰다듬었고 난, 홀연히 멀미에 빠졌어

심장 소리를 서로 나누어 들으며

부딪치듯 바라보는 별빛들

나무들이 산비탈에 서서 유심히 보는 데도

자꾸 두근거리며

너를 안고 만져보고 싶었어

정말 그랬어

너의 눈은 까맣고 눈 안에 둥근 것이 있었어

그것이 달이었는지

산이나 바다였는지 눈물 묻은 그림자였는지

한참 몰랐어

세상의 벅찬 것이 다들 입을 열어 절정이라 했었어

지상의 처음인 말

말이 혀를 누르는 침묵, 무감증을 끓이고 있는

열병의 곳간에서 가슴이 기어나오고 있었어

차마 입을 닫으면 소리조차 질식할 순간에도 너만이

뚫어져라 보였어

그러하듯이 사랑의 멀미는

오래도록 머물지 않는다는 것은 정설이 아니었어

감정의 발광현상

강물을 건너와도 젖지 않는 바람과

너무 서러운 달빛의 알몸처럼

참 미세하게 오래도록 끌고 다녔어

우리의 첫 키스는 무사히 끝났지만 상형문자같은 그것은

불안하게 흔들면서 지워지질 않았어

자꾸 꿈을 꿨고

비단뱀들이 밟혔고, 발은 질겁을 했지만

발끝에 걸리는 환상은 부드러웠고 둥글었어

정말이었어

알록달록한 무늬들이 긴 구멍을 기어나와

혼몽한 정신을 휘젓고 다녔어

떼까치들이 몸서리치게 짖었어

그때마다 토하며

몸을 꼬부리고 사막을 생각했어

생명에 필요한 그만큼의 식량과 샘물, 서서히

혈맥이 말라가는 느린 고통을 감당했어

아득하게 신기루가 보이기도 했어, 그러다가

바다를 끼고 앉은 초원, 하얀 공이 굴러다니는 풀밭의

비릿한 단물들이 입안으로 들어왔어

그럴땐 붉은 혀를 휘둘렀지

그랬어, 낯익은 환상들이 낯선 것들로 바뀌며

시신이듯 끌고 다녔어. 해와 달 산과 강 그런 것들

모두 둥글게 끌어 안았어

정말 그랬어, 사랑 그것은 물과 불, 삶이 지고 갈

멀미임을 알았어.

그게 길이다

길이 가다가 강에 닿았다
제 갈 길 잊은채
물끄러미 물을 본다
뒤 따르던 바람이 어깨 너머로
수작 한 수 부린다
"신의 눈은 몇 개일까요?"
"아마 별만큼 많겠지."
길은 가고자 하는 길과
어디서든 만나는 게 길이다.

가을 속으로

산이 들판에서 떨고 있다
별빛만 떨어지는 것이 아니다
낙엽도 그렇다
멀리서 들풀이 마르고
누가 끓이는지 몰라도
토란국 냄새가 점점 고소해지고 있다

보지 않아도 흐르는 강물
맑고 깊어진 옆구리를 열고
누런 숲이 물들어 가는데도
지근 거리에 사는 사람들은
창을 여물게 닫고 있다

때깔 곱게 저무는 석양빛
갈대와 갈대 사이에
아득하게 앉아서 고기를 굽고
입에 물린 맛이 달달할 즈음

멀리서 큰 산 한 채가
취한 몸을 가누지 못한 채
팔랑개비처럼 쏘다니고 있다.

그리운 날에

담벽에 옛날이 그려져 있다
골목이 흐리는 저녁답

그림 밑 그네 줄에 앉아
한 쪽 신발창을 털다가
곰삭은 홍어 한 점과

적포도주 노을 아래
수건 쓴 여인의
술 담그는 손목을 그리워 한다

멀리 가는
물소리가
엄마 배의 양수같이
찰랑찰랑 귓바퀴에 걸린다.

짧아도 긴 이야기

눈 그친 하늘 속을
쇠털색 노을이
황소처럼 건너고 있다
지상의 겨울이 알몸의 나무들을
하얗게 줄 세우는 그때
그가 말했다 저기 달 뜬다

바람 아래 흐릿하게
어두워지는 시장통
그녀가 양은대야를 들고 나온다
나오다가 돌아본다
힐끗 서로 웃는다
자동차가 지나가자
날아가는 불빛들이
이마 한 쪽 보여준다

생쌀같이 씹히는 그리움

군티없는 생각 있으랴

꼭 그런 일이 아닐지라도

풀수록 늘어나는

너와 나의 이야기.

2부

초록 소리로

밤에 비 내렸고
창을 여니
창틀에 끼었던 봄이
피붙이인듯 달려와 안긴다

싹트는 초록 틈새로
톡톡톡
음표같은 여백을 즐기면서
스트라디바디로 놀고 있다

터럭 하나가 꼿꼿하게
전생을 간지럽히고 있다.

오지 방문기

안개산에는 날마다 아침이 찾아오고

소나무는 많지만

사람은 할미 혼자만 산다

아무래도 안개 때문에 안개산이라 불리겠지만

이 높은 데까지 밤이 찾아오고

새벽이 찾아오고

지난 봄에는 자주색 감자를 심었다

계곡은 천천히 또는 소리를 내면서

겨울을 풀어내고

안개의 느린 걸음은

이따금 반나절 걸려서 도착하고

그래서 더 가까이 별이 뜨고

문 앞까지 찾아오는 보름달

비도 눈도 평지보다 먼저 와서

느긋이 지는 게 좋아서

할미 혼자 안개산에 사나보다.

단순한 사랑

하루 종일 비릿했던 구월 하순 쯤
바닷속에 손을 넣고
씻고 흔들어도 지워지질 않았다
그것이 무엇인지 말로는 못해도
정말 그랬다
직사로 내리받는 햇빛도 추웠다
그리하여 어렴풋이
연거퍼 실수가 계속되었다
나중에야 알았다
나는 너에게
단순한 사랑의 거짓이나
정직한 우정이 아니라는 것을
그리고, 어쩌면 전생의 죄업이
후생에 끌려가고 있다는
이것은, 아마
광년 몇 개를 살아내도
알 수 없는 어리석음이라는 것을……

말목장에 봄이 오도다

몰래 내린 눈이

눈 녹듯 녹아

얼룩말 눈물이 된다

힘 없이 그냥 흘러

터럭 사이를 줄줄거린다

봉지처럼

퍼질러 앉은 땅이

껍데기만 젖는데

초록이

실눈 뜬 암말의 동공까지 와서

느릿한 걸음으로

목장을 채우고 있다.

눈내리는 날

눈 내려 포근한 날

소복소복 할 때

꿈꾸기 좋은 날

새하얀 장미처럼

그토록 살아도

한번 못 피운

마지막 지금에사

거짓말같은 꽃으로 필래

여태도 세상사 몰라서

비밀보다 더 놀라게

푸른 하늘에서 하얗게 내려

녹 쓸어 허트러진 울타리에

오래 흘린 눈물처럼

줄줄이 돌아가는 줄장미로 필래

그리하여, 지상의 나 하나

거짓처럼 샛빨갛게

으쓱으쓱 춤추는 꽃밭이 될래.

노인의 친구

떠나도 떠나지 않는 게 친구다

죽어서 더 애틋하게 사는 게 친구다

그대 얼굴이 내 거울이고

그대 등짐이 내 무게이듯

친구란 그런 것이다

놀랄 일이 아니면서 놀라게 하는

힘 빠진 악수, 바람 새는 웃음, 더듬거리는 넋두리,

마음보다 혼이 더 맑아지는

참 편리한 세상을 참 불편해 하며

앞보다 뒤가 잘 보이는 그래서

산과 바다, 허공같아서

바람 지나다니는 빈 나무의자에도 있다

무성할 때 못 본 옆 나무처럼

조락의 계절에야 훤히 보이는

노인의 친구란 그런 것이다.

사소한 행복

모내기하는 들판 지나가며
꿈 하나 꾼다

저 풋것이 두어 달
꼿꼿이 서서
삼복을 지나면

하얀 이팝으로
우리 집 소반 위에
소복해지겠지

차창에 기댄 영혼이
토닥토닥 코고는 소리 낸다.

도요새 날다

도요새가 파도를 밟을 때
누가 피아노를 치는지
비발디의 여름 같다

서쪽에서 내려 온 햇빛이
반듯하게 누운
갯가의 황혼녘
한무더기 갈빛이
지상을 물들이고 있다

생각과 생각 사이에는
그대의 하얀 다리가 있고
날아 오르는
도요새의 날개가 깃발 같다.

그리운 날은

딩동댕
누가 우리 집 배꼽을 누른다
세탁물일까, 택배일까
등기우편물일까, 가스검침원일까
정수기청소원일까

딩동댕
남쪽에서 부친 봄편지일까
새로 이사 온 이웃일까
이사 와서 돌리는 시루떡일까

딩동댕
외출했던 아내
까만 눈으로 돌아 와
맥없이 장난이네.

색즉시공

세상에 고귀한 것은 색이 없다
햇빛, 공기, 하늘……
샘이 깊어 새파래도
그 속의 물은 무색이다
무색 무취 무미만이 지극하다
공즉시색 색즉시공
알 듯 말 듯 하다.

하얀 봄날에

꼬부랑 할머니가 손수레를 끌고
주택가 골목을 겨우겨우 나오더니
찻길 건널목에 멈춘다
건널까 말까
두리번거리며 자꾸 망설인다

삶이란 저런 것일까
수레 위의 파지들이 깃발같이 펄럭이고
헝클어진 머리칼 위로
하얀 봄빛이 살점처럼 내리고 있다.

겨울 간이역

기차는 오지 않는데
눈대신 비가 내린다

12월의 비는 가늘고 길다
젖은 갈대처럼
뽀족하게 서서
아물거리는 철길 끝

그 너머 산모퉁이에
아는 사람 없는 늙은 고향이
꽃 떨어진 꽃 모가지처럼
가느다란 몸을 떨고 있다

눈이라도 내려주면
젖은 땅에 나란히 누운 두 줄
녹슨 철길 서럽지는 않을터

발을 돋우고, 어디쯤

기차가 오는지 귀를 기울이자

동면을 하고 있는 개울 숲에 사락사락

비 대신 눈이 내린다.

삐삐하여 슬프다

네 손가락은 눈물이다
몸은 가늘고, 발가락은 길다
하얀 실타래처럼
비릿하게 야윈 달래처럼
그것이 내 탓이라 해도
잠이 안오고
멀리서 살을 떠는
겨울 가지처럼
한 해가 켜 있는 촛불처럼
외롭게 아물거리는 너는
허공에 걸린 빨랫줄처럼
삐삐한 눈물 나게 한다.

새벽에 돌아오는 배

저녁에 나갔던 고깃배가 돌아오고 있다
배가 새벽을 안고 진통하자
암컷들이 수컷들의 입술을 문다

물린 갯벌에 출렁이는 양수
수평에 방목된 프랑크톤 홰를 치고

하나 둘, 인공 조명이 눈을 감자
등푸른 새벽이
그물망을 뚫고 달아나고 있다

천천히 또는
허여멀겋게 드러나는 포구의 몸
'춘향네 횟집' 간판의 흐릿한 음영에
선원들의 굵은 팔뚝이 일어서고 있다

게다리 솜털에

부은 몸을 부린 바다가

부들부들 떨면서

물 깊이 돌아가고 있다.

연필을 깎으며

이 밤에

그대 올라나 하고

사각사각 연필을 깎네

저 바깥의 생명들

겨울잠에 들어 있는데, 웬 일일까

문득 보리개떡이 먹고 싶어

아랫목에 웅크려 연필을 깎네

얇은 뽈떼기가 깎이면서

나무살이 하얗게 쌓이고

연필심이 뽀족해지네

이토록 그리운 그대의 머리칼

마알간 향나무 향 기어나와

방안 가득 채우네—

휘파람을 불며

일을 마치고

집에 오면서 휘파람을 부네

아무도 보지 않아서

삐뚤어진 입술도 상관없네

아침엔 멀고 길었던 길이

짧고 얇아져 홑치마이듯 가볍네

속 빈 양은도시락이

추억을 따라오면서

열심히 달그락 거리네

이렇게 좋은 날

저절로 노래가 나와

입꼬리를 실룩이며

음절 잃은 휘파람을 부네

미풍이 쓰다듬어주는 숲길따라

살랑살랑 꼬리뼈 흔들며

헛김 새는 주둥이로 휘파람 부네.

동행

유리같은 봄날
꽃잎 하나가
나비처럼 구두코에 앉는다
발을 떼자니 날아갈 것 같고
서 있자니 바람이 등을 민다

저들 이렇게 오늘을 보내며
어디서 무엇이 될까
꿈꾸던 날개 달고
바람처럼 하늘로 가서 별이 될까
말하지 않는 길과 같이 오래 간다.

날마다 부화되는 해

하늘이, 동쪽 산마루에 걸터 앉아 아침마다 알을 낳는다.
태양은 이렇게 바닷속에서 부화되어 거북이처럼 엉금엉금
수평선을 기어나와 나비가 되고, 별도 되고 그리하여 꽃과
열매, 농부들의 근육을 키운다. 이따금 구름을 품어 비가
오는 날엔 혼자서 서쪽까지 밤낮을 걸어서 철새처럼 갔다
가, 동틀 무렵 동쪽으로 돌아온 해가 늦가을 들국화로 피
기도 하더니 언제나 세상의 꼭대기가 되더라.

마음 비우기

철 지난 잡지를 버린다
책이 나간 자리에
봄빛이 앉는다

바람에 초록물 드는 날
때 맞춰
니체와 만나 '신이 왜 죽었는지' 물을래

「이팝꽃 핀 언덕」이라는
배면이 노란 수필집 15p 고딕체 제목
유난히 고운 공간에서
햇빛이 하얗게 허물 벗고 있다

물끄러미, 또는
그냥 섭섭해지는 것들, 다만
애정을 방목하는 용기가 필요하다

아무렴

체온을 1도 낮춘 후에야

무사히 현관문을 나서는 애정행각.

젖는 것이 너만이랴

국화꽃에 가을비 내린다
젖는 것이 꽃만이랴
갈색 하늘을 눌러 쓴 채
여리고 아픈 것들이
언덕 아래에서 젖고 있다

어스름 드는 골목을 나와
두어 번 굽어서 자리 잡은
구멍가게 백열등 끄트머리 쯤
작은 몸짓으로 부비고 사는
금정동 재개발추진본부 언저리

당당하게 여름을 지키며
고단한 허리 굽혀 인사하던
한떼기 숨은 빈터에
헐렁헐렁 가을비 내리고 있다.

우주여행 꿈꾸다

발가벗은 은하수 해변을 느리게 걷다가
별난 아이스크림을 먹는다 혓바닥으로 또는
작은 입술로 북극성의 왼쪽을 핥는다
맥고모자를 쓴 제3행성의 눈썹 아래
견명성 씨족 6반 3교시에 붉은 말고기 만두를
배달하고 철문을 닫는다 포식한 별똥별 막내의
배가 석류처럼 터진다
그때 빛났어! 해안선의 눈빛
별의별 별떼들이 출렁이는 오작교 건너 드디어
삼각주에 도달하자 계수나무 아래
보름달이 품은 15개의 알들이 천 년째 부화되고 있다
그래서 밤은 새벽까지만 잔다 꿈도 그렇다
내가 쓴 시는 태양계만 지배한다 단지
세기말에 사라진 모르스부호는 여태도
우주 속을 떠돌며 잔재주를 부리고 있다
은하계를 돌아 수억 개의 은하계를
구름에 달 가듯 돌아보면서 가슴 깊이

느낀다! 참 크다

잠시 북두칠성이네 뒷간에 들러 턱을 고이는

지구의 새벽

생의 불시착을 무사 성공시킨다.

겨울을 굽는 빵

새벽이 열립니다. 골목의 빵집 문도 같이 열립니다. 눈이 내리고, 구수한 생각이 구멍가게 안 쪽으로 가고자 합니다. 어째서 술이 깨지 않는지 몰라도, 그때의 추억 때문인 듯 합니다. 재삼이 형, 겨울이라 춥습니다. 하나를 뚝 잘라서 나눠 먹을 수 있다면, 그래서 밀내음이 빵 속에서 기어나와 마주 보고 웃어야 좋을텐데. 호주머니에서 꺼낸 손이 떨리면서 따뜻한 그리움을 찾습니다. 악수를 하고 싶나 봅니다. "호빵은 호호불어서 먹어야 맛이야" 시방 호호 껍질부터 불어서 먹습니다. 깨물린 빵이 피처럼 팥물을 흘립니다. 오래 산 사람답게 남들이 쳐다봐도 모르는 체, 추억이 겨울 빵을 먹습니다.

그때 쯤

처서와 상강 사이는
여느 날과 다르다

새벽에 일어나신 엄마가
교복을 다려 줄 때 다리미에 깔려
사각이던 하늘같이
빳빳히 펴지는 주름따라
사라지던 철새같이
4번 출구로 나와 계단을 셈해보는
숫자 같이,
그때마다 밟히는
백색 타일의 맑음같이
배앓이를 끝낸 소녀의
텅 빈 눈알같이
마른 하늘이 진땅을
걸레질하고 있다.

아내의 부엌

양파를 썰다가 손톱귀가 날아갔다

눈물이 나는 건 순전히

양파의 매운내 탓이라 할지라도

아내의 부엌은 날마다 어렵고 낯설다

오늘의 요리는 청국장이고

국물을 위하여 도마질을 한다

또각또각 몇 쪽의 무우를 썰고

꼬부라진 멸치의 창자를 꺼낸다

마알간 물이 끓어 보글거릴 즈음

한 방울의 소주를 붓고

구근들을 넣고 해초를 넣고 맛 한 번 보고

양파와 마늘 청양고추를 넣고, 또 맛보고

청국장을 넣고, 후추를 치고, 혀 끝으로 소금 간을 하고

식탁에 앉은 아내를 돌아본다

그렇다 입맛의 변덕은 상식처럼 모호해도

날마다 또 다른 아내의 부엌

삶고, 데치고, 지지고, 볶고, 치대어

차곡차곡 개숫대 빈 그릇처럼 쌓아간다.

그런 날은

막걸리를 막 퍼마시고 싶은
그런 날은
너를 생각하는 날

청춘의 언저리
떫고 달 때도 그냥 새파란
청포도 같은 널
마구 보고 싶은 날

홀로 취하기

우리는 물을 마셨다 술을 깨운다고 물을 마시고 또 술을 마셨다 휴지로 입을 닦으며 낭만에 대하여 생각했다 우리는 서로 술 권하면서도 물을 권하지 않았다 목줄기가 강같은 때도 있었다 목을 너머 창자로 들어가면서 고장난 세상처럼 푸르륵거렸다 서로를 알면서도 그 속을 알지 못했다 소금과 별이 비슷하게 빛난다고 해도 서로 다르듯, 다른 것은 눈빛만이 아니었고 집에 갈 시간도 달랐다 그리고 결국은 혼자였고, 지금은 오직 하늘과 땅 뿐이다.

백색의 정물

눈이 내린다
소리들이 잠든 빈 터에
하얀 이야기
소곤소곤 눈이 내린다

눈은 내려서
술빵처럼 부풀고
모조품 같은
골목 끄트머리에서
아스피린 냄새가 된다

그런데도, 겨울 밤은
옛날 이야기를 끌고와서
하늘 아래 섬이 된다.

지상의 평화

눈이 오려 하면
하늘이 잠시 숨을 멈춘다
옥동자를 순산하는 어머니 같다
나는 장남이고
막내와는 열다섯 살 차이라서
어머니의 산통을 기억한다
요동치던 고통의 끝자락에
평화는 고요처럼 오고
한숨이 흩어지는 정적의 순간에
탄생은 그렇게 안녕히 왔고
마을과 마을 사이에
꽃비 같이 날리는 눈발
새벽을 깨우는 닭소리 재우며
지상의 숨조차 솜이불로 덮어 씌워
포근포근 눈이 내린다.

석모도의 일석칠조—夕七朝

석모도의 저녁 하늘은 별만 총총하더니
아침에는 줄잡아 7개가 눈부시다

은빛으로 반짝이는 수평선 파도 비늘
깃발같이 부딪치는 갈매기 백색 날개
밀어가 깨어나는 찰싹찰싹 해안길
가르마를 그어가는 통통배의 물마름
수선스레 기어가는 모래톱의 방게떼
포구의 밥집들이 풍기는 찌게 내음
땅끝에서 빼꼼히 바다 보고 피는 들꽃.

현상에 그어진 상상의 날줄

과일가게 진열대에

등푸른 수박이 4등분으로 잘려 있고

수술을 끝낸 의사가 가운을 벗는다

수박 속에 박힌 선홍의 빛살이

구슬처럼 맺혔다가

산영山影 짙은 껍데기에

장맛비가 내리고 있다

수도 꼭지를 비틀어 어느새 세 번째

손을 씻는다

수박물은 피처럼 향기롭고

할복당한 수박씨들 달님처럼 웃는다

비는 내리고

쪼개진 홍안의 귀떼기가

얇은 랩을 뒤집어 쓴 채

펄펄 끓는 세상을 구경하고 있다

참 신기한 4등분의 세상.

소나기 오는 날

하늘이 젖기 시작하더니 강 건널 시간도 없이
쏟아지는 소나기
한 떼의 구름들이 젖소 등을 지나갔고
익은 열매들을 누가 먹었는지 궁금할 때
정렴군같은 우뢰떼
삼밭같은 창칼이 철거덕거리는 사이
재빨리 뭉쳐지고 흩어지는 전운 대열이
너풀너풀 긴장을 끓인다
이윽고 긴 강이 꼬리를 들어 흔들 쯤
청죽같이 직선으로 쏟아지며
내려 꽂히는 것들의 할복에
혼신의 산고가 아우성일때
여우 꼬리 털리듯
푸른 언덕 너머로 사라지는 빗줄기
말끔하게 씻긴 도심의 한길 위로
신호등을 탈출한 차들이 새철럼 날아가고
허리춤에서 줄줄줄 낮술이 새고 있다

바다로 굽은 나무

굽은 나무 한 그루 바다 곁에 서서
바람 불자
파도 꽃을 보고 있다

무얼 물어보려 하는지
하얀 잎들이 자꾸 열리고

새처럼 수그려
푸드득 푸드득
날고 싶어도 날지 못하는

등신처럼
굽은 허리 자꾸 흔들리기만 한다.

가로수 겨울에 살다

— 2011년 11월 11일

겨울 나무들 차렷 자세로 서 있다

차도를 사이에 두고

건너편에서 건너편을 보고 서 있다

사람은 저들을 이해할 수 있을까

어디에서 옮겨 왔는지 몰라도

도시의 찻길은 예사롭지 않다

그냥 추운 것만은 아니다

돈 있고 근사하고 젊은 사람일수록

거들떠보지 않는다

그들이 그토록 경멸하는 콜레스테롤은

전부 하수구로 흘러갔고

동지가 지난 후에야 눈이 약간 내렸다

간에 기별도 안되는 수분을 핥으며

노출된 뿌리 하나가 빳빳하게 누워

지나가는 구둣발에 밟힌다

위안이 없는 것은 아니다

새들이 자주 옮겨 앉으며

쩍쩍쩍 고개를 갸웃거리기는 한다.

맑은 샘

황토 물
밤 지나더니
새파랗게 여위어서
해맑게 쳐다 본다

배앓이를 끝낸
소녀의 동공같이
하얗게 바래어서
허공을 쳐다본다

구름이 지나가면서도
자욱 하나 못 남긴채
얼굴만 보고 간다

아무 말도 하지 않았는데
메아리가 돌아 온다.

즐거운 사람은

봄이면
꽃을 보러 갈 것이다
꽃에서 몽롱이는 유년을 느낄 것이다

여름엔
바다를 찾아 갈 것이다
가서 싯퍼렇게 파도 타는 청춘을
건져낼 것이다

가을이 오면
나무 밑에 서성일 것이다
어깨에 떨어지는 낙엽들을
야윈 터럭들이 떨면서
받아낼 것이다

겨울이 되면
눈이 내릴 것이다

눈 속에 더듬거리는 다리 위를

겨우겨우 건너가는 사람을 볼 것이다

그리하여 이윽고 파묻히는

하얀 지붕이 될 것이다.

몽상을 위하여

생각을 잃고 살다보면

목숨이 아무리 하나 뿐이라 할지라도

모잠비크에 가고 싶어진다

내 카카오톡을 방문하던 그녀는

잠비아로 갔고

서랍 속의 조르바는

카잔차스키의 뇌리에서

생각만 하고 있다

한참을 멍—한 후에야

냉면과 토종닭 허벅지 고기와

완숙된 계란의 노른자와 흰자

그러므로, 다각도로 존재에 대한

깊은 의문을 하게 된다

스스로 스스로를 관찰한다는 것은

서쪽 하늘의 견명성 눈알과 같다는데

그렇거나

그렇지 않을지도 모른다.

숲길의 우체통

비 내리는 동화같이

아래로 크는 고추같이
앵두 석류 산딸기 방울토마토들의
귓불같이

짱빠띠스트 클라망스의
입술같이

가시 울타리에 올라 앉은
줄장미같이

멀리서 피는
칸나같이 빨갛게 젖고 있다.

친구의 바다

그는 바다다
갯가에 누운 갯돌처럼
일평생 바다 곁에 산다
섬이 고향인 내 친구는 연평도를 거쳐
진도, 거제도에 살다가 지금은
제주도에 산다

무엇이 그를
섬처럼 살게 하는지 몰라도
태풍이 끝나고 가을 비 오는 밤
파도가 펴다 버린 소라껍데기
휘파람 소리를 내는데
"바다가 운다"
새벽쯤에 보낸 문자 속에는
쓸쓸한 그리움이 출렁이고 있다.

난초를 키우며

난초 잎을 닦는다

난초는 내가

왜 잎을 닦는지 모를 것이다

말도 글도 못하는 저들과

한집에 살면서

생각도 나누고 정도 나눠

언제쯤 꽃이 피려나 기다리기도 한다

밥을 먹거나 문을 열거나 불을 끌 때도

혹시나 하며 눈치를 본다

그렇다

너와 나는 같은 시대 같은 곳

같은 빛과 같은 바람 먹고 사는

그저 친구다.

신선의 눈

그 산에
돌샘 하나가
하늘을 품고 있는데
새가 날아가자
청색 솔 그림자가
찰랑찰랑 하네

누가 허락한 황홀인지 몰라서
그윽히 들여다 보자
햇살이 주름을 걷으며
신선의 눈이 반짝이네

무지 몽매를 꾸는 회열

해는
날마다
바다에서 기어나온다 할지라도
식지 않고 그대로다, 다만
물이 더운 여름에는 덜
물이 추운 겨울에는 더
식는 건 분명한데
수만 톤의 배가
출렁한 바닷길을 은하처럼 가는데
지구가 돈다는 건 이해되지 않는다
해가 지구를 한 바퀴 돌아오는 동안
우리는 잠들고
참을 수 없는 건 이것만이 아니다
해가 일평생
달과 별을 만나지 못한다 할지라도
그 쓸쓸함이 비 되고
눈 내린다 할지라도, 내가 사는

이 땅엔 해가 뜨고 해가 지고

물렁한 바닷길을 몸뿐인 해파리가

빙하처럼

꿈꾸며 산다.

하루를 보내며

우리 집 새는 높은 곳에 산다
모이 하나 땅에서 먹고
전깃줄에 올라 앉아 논다
너와 나는 같은 땅
같은 날에 사는데
너는 짹짹짹 노래하며 살고
나는 멍청히 듣고만 산다

그렇다
사람이 죽으면 별이 된다고 하는데
내 머리 위를 졸졸 따라오는 너는 누구냐
몰래 당겨진 옛날
선연하게 나타나는 소녀의 눈빛
너와 나 사이에
하늘과 땅만 있는 날—

무제

가을 비 내리고

가로등이 빨갰어

그냥 걸어보는 뒷길에

지난 여름

알아보지 못했던 꽃

송이송이 빼빼하게 피우고 있다

하늘 아래 너만 젖는듯

노란꽃 등짝에

떨어지는 빗물이 참 무겁다.

나팔꽃 피는 날

발가락이 꼬물락이더니
냄새가 기어 나온다
쓰레기통에 집어 넣는다
넣으면 나오고
나오면 넣고 그렇게
반나절을 보내고
찬밥 한 그릇 물 말아
식탁 모서리에 앉자
건너 집 창가에 나팔꽃 피었다
띄띄띄 나팔소리 들린다

꽃만이 꽃이 아니다

에베레스트가
꼭대기가 있고
하얀 봉우리를 이고 있는 건
눈이 내려서이다
바람이 쓸어가지 못하는 건
순전히 얼었기 때문이다
너무 높아서 햇빛이 끝내
녹이지 못하기 때문이다, 다만
저리 늠름한 산이, 이따금
내 품에 포옥 안기기도 한다
한떨기 꽃처럼—

고래는 바다로 가고 싶다

높은 암벽에 고래가 반각화로 새겨있다

바다에 살던 그대가 죽어 어떻게 산에 있을까

아무리 상상을 해도……

바다가 뭍으로 뛰어 나올때 같이 왔거나

산이 몸 씻으려 바다에 갔을때

뱃속에 몰래 들어

살은 소화가 되고 뼈만 남았거나

어쨌든

저들이 나를 이리 괴롭힐줄 몰랐거나

말을 말아야지

달빛이 파도처럼 암벽을 쓰다듬자

절벽에 서 있는 반각화가

은빛을 타고 출렁출렁

바다로 가고 있는 고래 뼈.

알뜰한 사랑

나는 손이고 싶습니다
내 손이 아닌, 네 손이라서
내가 만지고 싶은 네 몸을
내 맘대로
알뜰살뜰 만지고 싶습니다

그리해도 되나요
묻지 않는 사랑도
사랑이 되나요
생각만 하는 사랑이
더 알뜰하나요.

고향 가는 길

기차로 간다
자루벌레 같은 터널을
스물스물

고향행 열차는
마음이 먼저 간다

아랫목에 깔아둔
엄마 추억 만나러

굽어 급해진
모롱이를 두 번이나 돌아
추억이 먼저 간다.

청개구리

비가 오고

나는 물 속에 잠깁니다

모서리가 없는 둥근 방

엄마의 뱃속에 듭니다

씨앗의 씨방이듯

깊이를 모르는 물 속에서

이따금 기지개를 켜고

발길질합니다 그럴 때마다

엄마의 웃음이 바닷물처럼 넘칩니다

무럭무럭 자라면서

엄마와 나는 같은 꿈을 꾸었을까요

같이 먹고 같이 자고 같이 논 내가

엄마 맘 그대로였을까요

왜! 청개구리가 되었을까요

여자 배꼽을 부지런히 좇아다니는 일이

모태에 기항하고픈 참회일까요

오늘도 비 오고

옛날 나무의 젖은 방에서

청개구리의 푸른 노래가

개골개골개골

엄마의 하늘에 웁니다

호수의 나라

장맛비 5일째 오는 날
강가의 나무들이 물 속으로 들어간다

그것만이 아니다
꽃들은 색을 잃었고
분수들은 주둥이를 닫았다

그래도 쏟아지는 비비비—

가벼운 것들 모두
뒷골목에서 나와 한길로 나선다

여기가 장생포인줄 아는지
고래등 같은 차들이 잠수 중인데
아! 그런데도
산사태만 연달아 되뇌는 TV

새들은 가지 끝을 올라가고
무당벌레 한마리가
떠도는 이파리에 앉아
두 팔로 머리를 감싸고 있는데

지금 막, 바다가 시뻘건
파도를 휘몰아 상륙작전 중이다.

구름 제조업

하늘 꽃 핀다
흰구름 송이송이 활짝활짝 핀다
비단 장삼 넓은 품새로 너훌너훌
한량무를 춘다
우뢰의 박수가 터지더니
소나기 쏟아진다

저들이 그러는 사이
오렌지는 노랗게 지중해에 익어가고
상주사과 볼테기에 자주색이 번질 때
누가 인생을 부운이라 한다

산들바람이 불고
뭉실이는 양떼들의 꼬리짬을 흔드는
철새들의 날개짓이 참 신선하다
지상은 그렇게 바쁜데
천상에서 노는 것들이 홍청망청

창공을 공장으로 운무를 재료로
꽃구름을 제조하고 있다

농부들 춤추는 사이
산그늘 세상 인근까지 내려왔고
소나기 그치자 서쪽 하늘이
석양 일렁이는 유리창이 된다.

아 첫눈이구나

눈이 내린다

창이 저무는 오후
카롤로스 콘도뇨 양의 유리잔에
뽀글 거리는 커피향

사르락

사르락

안드레이 뻰숀 군이 하얀 당나귀를 타고
고향 콜롬비아 언덕길을 찾아오듯

입술로 건져 올리는 단맛이
습자지에 참새 발목 젖듯
무심하게 온다
가듯이 온다

아! 첫눈이구나!

간이역

기차가 서지 않는
간이역에
단칸의 전동차가
오더니 간다
추억도 그렇다
제복 입은 역무원이
붉고 푸른 깃발을
기차보다 먼저 흔들고
기차보다 나중에 내린다
고향가는 마음 또 그렇다.

홀로 마시는 술

혼자 술을 마시지 마라
절대가 아니라 가급적이다
술집에서 집에서 나 홀로
홀짝인다는 것
경험자는 알 것이다 그것이
얼마나 외롭고 아프다는 것을
세상은 더불어 사는 곳
사람과 사람 산과 들 눈과 비
그래서 술은 친구도 사랑도 되는것
같이 마시어 함께 발효되는 것.

내시경 하던 날

내가 내 뱃속을 본 것
내 속에 또 내 것인듯
나비처럼 고래처럼 낙타처럼 용광로처럼
그것들의 생살처럼
허기진 짐승처럼
헐떡이며 도사리는 악마의 입술처럼
징그럽게 싯뻘겋다
그러나 미안하다 시 없이 마시고
때 없이 씹어 삼킨 날 것, 익은 것,
삶은 것, 지진 것, 볶은 것, 데친 것, 탄 것,
누른 것, 삭인 것, 고운 것, 죽은 것, 산 것
그리하여
명줄이 소화한 황홀경이 들어 있다.

3부

손톱에 뜬 달

내 손톱에는 열 개의 반달이 있고

손톱은 손톱만큼 자라고
자라는 손톱을 손톱만큼 잘라내도
그 자리 그대로

그날이 그믐이거나
보름이거나
하염없는 모양으로
가늘게 늙어가는 긴 세월동안
눈만 뜨면 배시시, 흐릿한 반달.

생각으로 부터, 자유

입맛은 제멋대로 달라진다
이것만이 완전한 자유다
생각없는 몸짓은 진정성이 없다
숨막혀 죽을 짓을 왜 하는지 몰라도
굴욕이란 참아서 이겨낼 수 없다
구멍없는 껍데기는 없다
생각으로부터 행동으로부터
벗어 날 수 없는 것이 운명이다
그렇거나 아닐지도 모른다
우주가 별이거나 신일지도 모른다.

겨울을 사는 숲

저들 참 성글다
몸짓마다 여백이다
맨몸을 휘둘러 회초리가 된다
단출하고 간결한 것들이
직관을 연출하고 있을 때
그래, 그 겨울의 기다림은 참 길다
아침보다 저녁에 더 빳빳해지는
숲 속의 긴장감
생존 자체가 차렷 자세다
어깨 너비만큼 허락된 하늘
나무들의 몸은 사방이 창이다.

네 잎 크로바

아이들이 풀밭에서 풀들과 노는데

봄볕이
포플러 잎들에 앉아
동글동글 동그라미를 그리고 있네

새파란 언덕
낮은 키를 맞추는 토끼풀밭에
앉았다 섰다
술래잡기를 하는데
네잎크로바 하나 둘
덧니 난 소리로 깔깔거리는 오후.

별들의 고향

하늘이 별들의 나라임을 몰랐습니다
별들도 사람처럼 동네방네
와글와글 모여서 사는 걸 몰랐습니다
아득하고 더 먼 은하수 건너에서
도시처럼 섬처럼 꿈꾸는 시인처럼
사람 하나 죽어 별 하나로 뜨게 되고
별 하나 떨어지면 아이 한 명 생기고
그래서, 별들의 고향은
하늘일까 땅일까
몰랐습니다.

그러네

참 이상도 하지
겨울이 오는데
나무들은 어째 하나 둘 옷을 벗네
바람이 불어
날이 추워져 몸이 얼 텐데
사람들은 자꾸 옷을 겹쳐 입는데
나무 혼자서 알몸이 되고 있네

그제 밤에는
북쪽에서 내려 온 한파에게
하얀 몸 바들바들 흔들어 떨더니
밤새 함박눈 내려 꽃으로 피었네.

그때가 그리워

그땐 그랬지

이대 앞 이조시대라는 주점에서

카바이트로 만든 동동주 마시고

발 굵은 오줌을

골목 옆구리에 쏴도

아무렇지 않았지

지나가는 사람들

못 본 체 해줬지

담배 한 개비쯤은 아무에게나 얻을 수 있었지

촘촘하게 앉아 빡빡 피워도

건강이니 금연이니 말리지 않았지

어슴푸레한 세상의 골목마다

두어 평의 포장마차가 있고

병아리를 잡아 참새구이라 팔아도

그냥 속아 주었지

그랬지

날마다 터지는 최루탄 매연을 마시며

굴레방다리에서 신촌로타리까지 걸어서 갔지
외상술 마시러 갔지
머리 속이 하얘져 가물거려도
아내와 아이들이 까맣게 기다리고 있었지
빈 손이 부끄러워 바지 속에 넣고
어슬렁 어슬렁 도둑처럼 기어 들었지.

꽃다짐

가을엔 고향에 가야겠다
뿌리가 얼기 전에 무우밭을 봐야겠다
무서리에 처져가는 무우청 어깨를
물끄러미 쓰다듬어야겠다
겨울이 되기 전에, 개울 물이 얼기 전에
얼음 위에 눈이 내려 산천의 메아리들
하얗게 덮기 전에
유빙 떠돌던 바다를 건너와
석양에 기항하는 목선처럼 천천히
천천히 닐부러 들었다가
엄동설한 다 보내고
복사꽃 피는 날 꽃바람 되고 싶다

꽃놀이

솔솔솔
봄 바람 부는데
꽃이 꽃향기 데불고 꽃놀이한다

씨방에 담긴 꽃물이
촐랑촐랑
수술에서 암술로
잎술에 튄다

애쓰지 않고도 종일토록
알록달록 논다.

그것이 팔자다

다람쥐는 쳇바퀴만 돌리는 것이 아니다. 산을 오르고, 물을 건너고, 비에 젖고, 눈덩이에 빠지던 기억도 돌아간다. 삶의 경험은 구름같기도 하지만, 도토리처럼 알차기도 하다. 유희의 반복은 무의식의 일상이 되기에 지혜는 필요치 않다. 돌고 돌다가 두 손을 싹싹 부비기도 하고 머리통을 감싸고 실눈을 뜨기도 하지만, 그의 깨달음은 결국 깨닫지 못하는 것이다.

그것은 의지로 되는게 아니라 운명으로 되는것. 다람쥐의 쳇바퀴는 돌아야만 사는 것 그것이 팔자다.

산수유 필 무렵

봄빛이
아파트 정문을 들어서고 있다

차단기를 여는
경비 아저씨 팔뚝에
새파란 물이 오르고

옆 동에서
아기가 탄생하는지
어미가 구슬 소리를 낸다

바람이 비단같은 날
산수유 가지에 벌떼같이 매달리는
노랑색 물감.

동백꽃

겨울이 오는 날
샛파란 바닷가에
샛빨간 동백꽃 피었다
저 꽃 왜
엄동설한에 빳빳하게 피는지
나는 모른다
만화방창 다투는
봄 여름 가을 다두고
의연하게 혼자
눈 내려 칼바람 부는데
꽁꽁 언 바닷가에 피는지
꽃이 아닌 사람은 모른다
겨울이 가는 날
삼동 내내 꼿꼿하던 모가지
핏물 뚝뚝 떨어져도
동백아닌 다른 꽃들
까맣게 모른다.

그리 묻노니

아직도
사람의 일이 아닌 것에는
아름다움이 있다고 하는데
자기 그림자들 돌아보아라
얼마나 부끄러운가
살아오면서 후회하지 않는 날
언제 있었나, 그럴지라도
생명이란
내가 선택한 것이 아니라
주어진 것이기에
무엇을 위한 삶보다
무엇을 하는 삶이 차마
삶같은 삶이 아닐까!

세모난 이름들

옥수수보다는 강냉이가
피마자보다는 아주까리가
애리, 미라보다는 순이나 언년이가
더 정답게 불러지고
네 것이지만 내가 불러줘서
더욱 고와지는 이름
여태도 하얀 덧니 두개로
가물가물 미소 짓는 시골 가시내
말년이와 연심이는 세모 이름
엄마는 날보고 강아지 강아지 하고
할머니는 날불러 똥강아지 똥강아지 했지.

무아경

감자꽃이 피는 날
무엇 때문에 그곳에
암자가 있는지 몰라도
산비둘기 한 마리가
외발로 서서 비를 맞고 있다
조금 떨어져 노루막 처마 밑에
빈 몸을 포갠 깡통 몇개가
통통통 낙수 소리를 내는데
그것이 법구경인줄 알고
목탁소리 톡톡 반주를 넣고 있다.

꿈으로 하는 여행

백일몽이 마사이마라 게르게르에 간다

하의를 실종한 전사들이

초원에 내려온 창공을

죽창으로 찌른다

찔린 염천에서

한달째 장맛비 내리고 그날은

TV 속 개들이 개꿈을 꾸고 있다

또, 그 다음날은

너무 맹랑하게 화창하자

북반부에서 남반부로 이주해온 대나무 숲이

고향의 엄동설한을 기억하느라 서걱이며

발 굵은 비지땀을 철학적으로 흘리고 있다

또한, 비논리적 고뇌들이

노자의 면전에서 낯선 짐승 소리로 울더니

끝내, 모든 개요는 오리무중이 된다

그리하여 그것들과 전혀 무관한 나의 허벅지만

굵어지고, 사랑도 헤퍼지고,

내 그리운 아프리카여

식인 맹수들이 득실거리는 그곳에로

남아연방행 경비행기에 가볍게 실리는 가을

허연 실그림 그리며 푸른 창공을 건너가고 있다.

바람 부는 날

바람이 불면 날아가면 된다

팔자타령하지 마라

아둥바둥한다고 대수겠는가

등을 들이대고 될대로 되라는 것이

운명을 이기는 길이다

세상사 무섭고 겁나거든

허파에 바람 넣어 풍선이 되면 된다

봄에는 꽃잎같이

여름에는 숲 속같이

가을에는 낙엽같이

겨울에는 흰눈같이

허둥지둥하지 말고

그들처럼 살아가면 된다.

존재 예찬

아름다움은 짧고, 추억은 길다

돌아가지 못하는 과거는 아름답다

추억하는 사랑은 아름답다

옛 성곽 돌아가는 석양이 아름답다

꽃지는 5월 하얀 그늘 아름답다

빨간 등짐 나르는 게걸음 아름답다

기항해 쉬고 있는 뱃머리 아름답다

돌계단 총총 뛰는 종아리 아름답다

가을볕이 번지는 사과 뺨 아름답다

가랭이 주렁주렁 포도넝쿨 아름답다

주먹 쥐고 하늘 치는 치어걸들 아름답다

밥상머리 나란한 손자손녀 아름답다

산 넘고 물 건너는 뭉게구름 아름답다

밥 푸는 엄마 이마 구슬땀 아름답다

무논을 밟아가는 아버지 장단지 아름답다

그리고 달과 별 살아있는

지상이 아름답다.

아내의 이름

아내의 이름을 불러본다 옛말같이 낯설다

이름대신 불리는 여보, 엄마, 고모, 이모, 큰엄마

아줌마, 형수, 제수— 참 다양하기도 하다

잠든 얼굴을 보니 애기 같다

다 놓아서 그런지, 곱다

살을 만져 본다

매콤한 입맛이 입 안에 고인다

미안하다

살갑게 떨린다

메아리로 돌아온 이름이 까맣다

은색 종소리

내 새끼
손가락이
네 귀를 만지는데
너는 혹
어디가 그리 간지러우냐

밤 눈이 내려
아침이 고운 날
오래된 몸에서 나오는 먼 종소리
늙은 아내의 은색 기지개에
매화꽃 핀다.

그곳에 가면

그 동네에 가면
시옷(ㅅ) 자로 꼬부라진 골목이 있고
머리 위로 지나가는 철길 끝자락 쯤에
말은 없고 포장만 있는
포장마차가 있었다
차림표에는
똥집 닭발 오돌뼈 껍데기 쭈꾸미 홍합탕
우동 잔치국수 일절
일체가 아닌 일절이란다, 술은
막걸리 소주 맥주도 있었다
찾아 갈 땐 제비처럼 날씬하게 갔다
나올 때는 휘청휘청 돛단배
뱃전처럼 출렁출렁 왔다.

석류愛

그 집 우물가에는 석류나무가
삼복염천을 자글자글 끓이더니
구월 어느 날
무쇠솥 같은 껍질이 탁 터져
황금빛 쌀밥이거나
한 됫박 알밤같은 석류알들이
반짝반짝 덧니처럼 빛나고 있다
오가며 쳐다볼 때마다
눈꼬리가 시어서 침을 꼴깍거렸다.

노고지리

오월의 종달새는
땅에서는 울지 않고
하늘에서만 운다

누구에게 불러주는 노래인지
몸이 모두 소리라서
높다란 하늘에 새파란 잎새처럼
노골 노골 노골
팔락이며 운다.

영혼을 위한 기도

신이시여

당신이 참으로 계시다면

우리에게

하나만 더 허락하소서—

사람을 사람이게 마시고

인간이게 하소서—

당신의 허락없이도

모든 것 할 수 있게 하소서—

그렇다

낯선 골목에는 안면 없는 것들이 많다
모든 처음에는 이해할 수 없는게 많다
낯설고 이상하고 오해할 수 있는 것 중에
문 닫는 소리
닫히는 모든 소리는 철거덕
쇠문이나, 베란다문, 현관문, 감방문도
비슷한 소리로 닫힌다
다만 시골집 사립문 소리는 그렇지 않다
모서리가 녹는 소금처럼 흙을 끌면서 천천히
할머니 치마폭처럼 닫힌다.

까치밥

먼 가지 끝에
꽁꽁 언 홍시 한 개
쪼글쪼글한 손가락이 가리켜
저건 까치밥이야
한겨울 눈 속에
까치는 시린 아침 밥을 먹고
청동이 우는 목소리로 까악까악 한다
그리하여 나처럼 하얀 입김으로
할매를 추억하나 보다.

청마의 꿈

말 한 필있으면 좋겠다
말이 태워줄지, 잘 탈 수 있을지 몰라도
태워만 준다면 얼마나 고마울까
아무렴, 늙은 내 발목이
청마의 잔등에 날개가 되어
푸른 들 푸른 풀밭의 푸른 바람으로
창공에 천둥치듯
생명이 치솟는 그 먼 곳까지
상처 입은 내 발 호강했음 좋겠다.

딱, 그만큼

앉아 있을 때는 방석 하나가
잠 잘 때는 키만큼의 요뗴기가
걸을 때는 발이 가는 길이 만큼
먹을 때는 한 그릇의 밥이면 족하다
다만 술은
한 잔만으로 만족하지 않아서
요리조리 핑계 삼아 자꾸자꾸 마신다.

응답하다

삐딱한 것은 둥근것보다 크다
떡국떡을 썰어보면 알게 된다
사람도 그렇다
여유가 없어도 여유 있게 된다
입 다물고 말하려면
삐딱해야 한다
왜 그럴까를 생각하지 마라
바르지 않은 세상살이가
어찌 삐딱한 것을 탓하랴
삶의 의미는 묻는 것이 아니다.

설산에 오르다

헉헉대고 찾아 갔더니
눈 맞은 산이
허연 대가리로 서 있다
무사하게 넘긴 이순의 사내같이
엄동설한에 기 잡고 늠름하다
그닥 높지 않는 친구처럼
넉넉하지 않는 여유처럼
덤성한 머리칼 흰바람 쓸며
벗겨진 정수리에 둘러앉아
3월 햇빛 오시는 먼 봄을 본다.

눈사람

이제 부터라도 그림을 배울까
한낮이 기울도록 생각에 빠지다가
공원을 나와 빈 터 앞에서
눈이 내리고
하늘에서 한 방울씩 떨어지는
번뇌란 끝이 없는 것
늙은 느티나무의 주름진 궁둥이를 돌아
덜컹덜컹 쇳소리를 내며
굽은 어깨에 헝겊인형처럼
허옇게 쌓이는 눈―

새해 아침에

우주선을 타고 수 년을 살아가는 우주인들은
지금 어떨까
재미 있을까 자랑스러울까 피곤할까
아마도 빨리 지구로 돌아가서
따끈따끈한 떡국에 쇠고기구미 얹고
노릇한 계란지단 위에 고소한 참기름
구운 김가루 살살 뿌려, 한 그릇
뚝딱 먹고 싶을 것이다.
사람은 누구나 괴로워 하고 기뻐할 줄 알기 때문이다.

비 그친 산정에서 구름을 먹다

구름을 먹어 보셨나요

맛이 어땠나요

솜사탕 같았지요

그대 살갗에 숨어 있는 향기처럼

몽상이 빠져나가는 빈 통 속의

단맛을 아시나요

문득 산 위에서 그치는 비

안개 속의 바위들이

바다의 섬처럼 떠다니고

하늘로 올라가는 구름들이

내 콧구멍을 지나가네요

공중에 너풀거리는 해초같이

젖은 입술에 씹히네요

실체 없는 음식을 처음 먹어 보네요.

무색을 위한 서정

새끼들을 데불고 철새들이 떠난 후

3월의 하루가 양은 대야의 찬물처럼 고요하다

지난 겨울 네가 나보다 따뜻했는지는

너를 안아보지 않아서 모르지만

그나마 설레이게 하던 네가 없자

너희들의 깃털처럼 나를 속일 때가 자꾸 그립다

생각해 보아라 새들아

우리가 서로 영혼을 전달할 수 없다 하더라도

비어 있는 너의 둥지에 무엇이 지금껏 담겨 있겠나

메리나 메르꾸르의 아가비모, 짱빠띠스트 클라망스의 노랑,

바탈리의 사콘드같이 적막한 오후다

간밤에는 꿈을 꾸었고

누가 부르는 소리에 실눈을 떠 보니

먼 구름 속에 너희들 그림자가 있더라

가다가 돌아올 순 없겠지만

자다가 깨어 냉수 마시는 걸 짐작해 다오

그렇다

오늘도 나는 속수무책임을 다시 알게 된다.

그럴지도 아닐지도

보이즈 1호가 36년을 날아서 태양계를 벗어났다는 날

옆집에서 아이가 태어났다

60억 중 하나가 된다

내 셈이 맞는지 어쩐지 몰라서

그날 밤 하늘을 쳐다 봤더니

별이 가득하다

사람 하나에 별 하나

별이 죽어 사람이 된다고 하는데

세상의 어느 사람

어느 바람이 인연 없이

서로 만나랴

유리꽃 같은 우리의 생명은 반드시 깨어지는 것

굳이 우주선을 띄우거나 타지 않아도

언젠가 우리는 그곳에 가서 별이 되리라

아닐지도 모른다.

생명의 신비

깎아지른 바위 위에 늙은 소나무 하나가
오줌 누는 할배같이 서 있다

저 바다
우리 할배의 오줌인지는 몰라도
해풍은 앞에서도 불고 옆에서도 불었다

위태로운 건 바람만이 아니다
무얼 먹고 사는지
몇 달 며칠 비가 오지 않는데
솔 새끼 하나가 바위 틈에서 뽀죽하게
기어나오고 있다

신비한 건 이것만이 아니다
절벽의 파도 앞에 서서
순진하게도 팔을 쫙 벌리고 산다.

지푸라기 송

콩새 한 쌍이 집을 짓는데 지푸라기가 서까래된다
길고 무거운 것을 나르느라 낭창낭창 부리가 휘인다
누가 저들을 저리 살게 할까
수 일을 포르락이며, 하늘 앞에 문을 내더니
가슴 복판에 잔털을 뽑아 아랫목에 깔고
연두색 알 서너 개 낳아 졸며 깨며 품고 있다
밤 찬 기운 몸으로 감싸 안고
부리 노란 새끼들이 짹짹이고 있다
약간의 공덕은 지푸라기에도 있다
모든 존재에는 그만큼의 역할이 있다.

호주머니에서 꺼낸 손

올해도
첫눈이 오고
내년에도 볼 수 있을지
오래된 나는
자꾸 걱정이 많아집니다

하얗게 뻗은 길
맘껏 달리고 싶지만, 이런 말
오늘만 하고 다신 않으려고
호주머니에서 꺼낸 손을 만져 봅니다
아직은 따뜻합니다.

해지며 어두워져

해가 서쪽으로 가는데
산 속에서 기어나온 어스름이
눈 속에 엎드린 작은 마을을 덮어주고 있네요

저녁 밥 짓는지
누가 찾아오도록 손짓을 하는지
회색 연기 한 줄기 꾸부정하게 오르네요

겨우 남아있는 몇 개의 풍경들이
스스로 몸을 지우는데
참 어설프게 숨어서
그대 곁으로 가고 싶은 생각이 드네요.

엉터리 사유

사람은 다 같거나 다 같지 않을 수도 있다
밥을 먹거나 문을 열거나 꽃을 볼 때도
다르거나 다르지 않을 수도 있다
남자와 여자도 그렇고
아내와 남편도 그렇다
우리는 지상에 살고
지상의 모든 것은 네 것이거나
내 것일 수도 있다
그렇게 생각할 수도 아니 할 수도 있다
다만 우리는 진리와 진실 사이에서 헤매는
몽매한 꿈일 따름이다.

수리산 까치

너희는 사람보다 곱다

세월이 수 년 갔는데도

수리산 까치는 그 둥지에 그대로 산다

식구가 얼마나 늘었는지 분가를 시켰는지

그대로 두 마리가 깍깍거리며

아마, 봄맞이 집수리를 하는지 분주하다

놀라운 건, 그때나 지금이나 나만 보면

포르락 깍깍 아는 체를 한다

비 내리고 바람이 불고

나무들이 색깔을 바꿔도

이사하지 않고 그곳에 산다.

새벽 별

너는 절정에 떠는 암컷의 눈알 같은 거

마지막 탕진해야 할 진액 같은 거

탈진한 겨드랑이에서 기어나오는

새소리 같은 거

보는 방식이 문제지만

구멍 안에 앉는 열탕 같은 거

허공 속에서 움트는 샛빨간 생명 같은 거

툭 치면 주루루 쏟아질 눈물 같은 거

운명에 떨고 있는 불안 같은 거 또 그런 거─

새털구름에

석탑 곁에 앉아
하늘에 떠 가는 구름을 본다

새털 같다
철새 같기도 하고

간다
어디로 갈까
저들에게도
가야할 집이 있을까
그럴지도 모르지만
아마 허공이 집일 것인데
가도 가도 하늘 뿐일 것인데

모양이 꼭
새떼들이 노는 운정같다
심해를 유영하는 고래처럼

아주 천천히 가을 속으로 가며
날개 한쪽이 깨끗해지는데
아마도 깊은 명상을 하는지

황혼에 설레이는 내 망막 속으로
막대기 젓듯 지나가고 있다.

가을 비 오는 중

가을 비가 내리자
거리의 램프들이 별처럼 빛나고
일 없이 나갔다가
그냥 돌아오는 저녁답
보는 것만 다른 게 아니고
느낌도 다르다
오가는 사람도 있고
서 있는 여인도 있다
풍경 참 곱다
곱지 않으면 누가 젖겠나
구멍 뚫린 가슴 속으로
숭숭숭 가을비
샤갈이 문지르듯 새파랗게 온다.

이해할 수 없는 것들

얼음 호수 속에서 물새들이 물놀이를 하고 있다
춥지 않을까, 이상한 건 이것만이 아니다
바람은 왜 보이질 않을까, 보이게 되면 어찌 될까
밤에만 흐르는 은하수, 낮에는 어디가서 흐르나
사과는 낮술을 마셨는지 9월쯤에 샛빨갛고
구더기들은 왜 하필 썩은 고기 속에서 살까
나의 그대는 왜 나를 이해하지 못할까
도무지 알지 못할 일이다
그렇다 안다고 이해되고, 이해한다고 아는 것은 아니다
다만 모르는 것을 모르는 채 그냥 두는 것이 잘한 짓이다
나의 손녀는 날개 없이도 날아다니는 나비다.

내 친구

내 동무가 누군고 하면

길에 서 있는 가로등이죠

그들도 그리 생각할라나

내 속을 얼마나 알라나 몰라도

취해서 비틀거리는 나를

늦은 밤에도 집까지 데려다 주죠

친구란 친구라고 생각하는 그들만이 친구죠

타조가 새일까요

난다고 생각하면 새이죠

꼭 문 앞에 와서야 집에 왔음을 아나요

친구란 그런 것이죠.

공원에 켜진 등

우리 동네에
작은 공원이 있는데
어둠이 내리면 등이 켜진다
등은 항시 보름달 같아서
초닷새, 한 보름, 그믐 밤에도
그냥 둥글고,
비가 오거나 눈이 내려도
동그란 얼굴로 웃는다

언제나 그럴지라도
전력이 비상이라는 뉴스 때문에
가슴이 철렁 떨어지곤 한다.

목화 핀 언덕

초가을에 눈이 내렸나
눈꽃이 피었네
목화솜이 부풀고 있네
멀리서 보니
가지마다 보풀보풀
산허리 온 밭떼기에
하얗게 피어 눈꽃처럼
지천으로 흔들고 있네
석양 볕 김 매던 엄마같네―

바라지 문

북쪽을 향한 문 하나 내어
이름을 바라지 문이라 했지
무엇을 소원하는지 몰라도
밤에는 북두칠성이 반짝거렸고
삼복에는 통바람이 드나들며
목침 베고 잠든 할배의 모시 바짓속
사타구니를 흔들어 주고
밤 이슥토록 다듬이질하는
고모의 속적삼을 쓰다듬어 주기도 했지만
진짜 바라지 문의 치성은
냉수 한 사발 맑게 떠 놓고
늙은 할매와 젊은 어매가 두 손으로 비는
사랑의 통문이었지—

사는 게 다르다

들판에서는 나무가 친구일 때가 있다

바람이 불면 그의 등에 기대고

비가 내리면 그의 다리에 가리고

삶이 다 그런 거는 아니지만

때때로 황야일 때가 있고

불살 같은 햇빛에는 그의 그늘에 쉬고

고독이 적막하면 잎새와 놀고

그렇게라도 견디는 것이 아름답다는 것을

큰 나무에서 배운다

그러나 나무는 천 년을 살고

나는 백 년을 살고, 그래서 다르다.

하늘

하늘이란 놈이

맑은 호수에 그림을 그린다

구름도 그리고 햇빛도 그리고

바람에 흔들리는 그늘도 그리고

시도 쓴다

그려진 그림들이 자꾸자꾸

젖지 않고 흔적 없이

지워지고 다시 살고

호수와 하늘 사이에는 그냥

재미만 남는다.

춘정

일 없이 주말농장을 어슬렁거리는데
텃밭 모서리에서 대파꽃이 우두둑 하고 핀다
기어코 간절해지던 욕정이 상스럽게 웃고
천연덕스레 애를 끓이는 탐욕이 어찌
생명 때문만이겠는가
젊잖게 봄바람 탓이라 해도
될런지, 아닐런지 몰라서
천박한 본능을 뿌리채 뽑아서
푹푹푹 툭!
찰지게 젖은 검은 흙 속에 털어버리고
찬밥에 상치 한 움큼 찰지게 비벼
늙은 주둥이가 미어 터지도록 밀어 넣는다
눈 앞에 누운 능선, 그 뒤의 질펀해진
큰 능선 넙죽히 엎드린다.

윤회

겨울이 집 비우고 산행을 떠난 후
골짜기 도랑물이 촐촐거리며
봄 데리고 나들이를 하고 있다
네가 그새 얼마나 따뜻해졌는지
안아보지 않아서 모르지만
저 봐라! 몸이 풀리는 소리들
지난 밤 실비 내리더니
생콩 한 알이 흙떼기 한 쪽을 들고
하늘 가운데로 빳빳하게 서는데
낮 햇살이 조기 비늘같이 반짝이며
암벽의 구각들을 벗겨내고 있다.

벚꽃 피네

지금
벚꽃이 핀다고
내가 이상할 일은 아니다
다만 눈 안에 들어 온
별들이 반짝일 뿐이다
꽃잎처럼
그렇다 아무 일은 언제나
아무 일도 아닐 때 일어나듯
함성치며 우루루 피고 있다.

오늘

오늘이 무엇일까요
내가 오늘입니다
오늘은 내가 살아 있는
지금입니다
어제보다 아깝고
내일보다 먼저여서
생의 가장 젊은 날
오늘은 사랑입니다.

콩나물

아내는 이상하다
콩나물을 살 때는 값을 깎는다
그래도 안되면 덤을 얻는다
아내의 손이 크다고들 하는데
콩나물을 살 때는 손짓을 떨었고
몇 가닥 허여멀건 국물에는
가느다란 손가락이 우러나 있다
후후 불어서 뜨겁게 마시면서
입동부터 입춘까지 콩나물을 키우던
할매의 휘어진 가락들을 건진다.

목련과 철쭉

1. 목련

여태 눈발이 걸려 있어

잎들은 가지 끝에 숨어 있는데

꽃이 먼저 하얗게

세상을 내다보고 있네

아직은 활짝 피기가 두려운지

길 너머 담장 안에서

가는 고개를 빼고 서서

아무도 몰라주는 눈짓으로

꿈 연습 하고 있네

2. 철쭉

봄이 얼마나 멀리서 왔는지

오면서 무슨 색들을 데리고 왔는지

산자락을 넘자마자

형형채색 퍼질러

꽃천지를 만들고 있는데

철쭉은 오히려

꽃보다 야단스레 피어서

축포처럼 터지고 있네.

비움의 계절

상강이 오기 전
나무들은 체중을 줄인다

가을비 내리려
산 허리가 고단할 즈음
이파리들이 먼저 얼굴을 붉힌다

가지는
열매 하나도 달고 있지 못하고
버리고 비워서
하늘 속 청명으로 설 때
생명의 무게가 자꾸 가벼워짐을
경험으로 안다

조락의 한 자락으로
나무들은 사람의 마음을 묻는다.

꽃 질 때

꽃잎이 물방울처럼 떨어진다

봄은 어느새

뒤통수에 붙었고

휘어진 볼트같은 새싹이 가지 끝에서 나온다

참 재빠르게 쏘다니는 날개 소리에

꿀벌들 스스로 우왕좌왕하는데

나는 그들 곁에서

아침에 훔쳐 본 그 여자의

작은 젖망울을 여러번 되돌려 보면서

참 단단한 물방울이라 생각한다

원초적 본능이 날씨보다 조금 더 덥다.

또 다른 피서법

아이돌 그룹 바다 공연 다 갔는지
TV 속 북극곰만 빙산을 타고 있다
텅 빈 거리에 태풍이 올라나 몰라도
늦은 점심에 칼국수를 먹는다
국물 속에 삶아진 시간이
왕멸치대가리에서 늘어지는데
목구멍에서 비린내가 기어나오더니
등뼈들이 씹히는 시퍼런 바다가 된다
간혹, 파도타기를 하는지 자꾸 출렁이고
이럴 땐 레드와인 한 잔이 그리운데
늦은 여름이 비지땀을 빼내가고 있다.

『사람의 저녁』을 내며……

휴대폰에 뜨는 문자를 읽다가
문득 종이 편지를 기억해낸다.
철필에 곤색 잉크를 찍어 편지를 썼다.
또각 또각 소리를 내며 한 자 한 줄씩
하얀 종이에 나타 날 때마다 가슴이 시렸다.

밤이 이슥해지고, 문풍지 사이로 들어온 바람이
호롱불을 흔들 때면 글씨도 비뚤거리고,
벽에 걸리는 그림자도 흔들렸다.
내 젊은 날 이런 호사를 누렸다.

사랑이니, 우정이니 하는 낱말을 쓸때마다 두려웠고
종이 앞 뒤에 빼곡히 매워진 사연을 읽고 고쳐보는
안달도 누렸다.
30리 읍내까지 걸어 가서 편지를 부치고
몇날을 기다려 받았던 그때의 답장들을 꺼내본다.
반세기도 더 묵은 편지에는 먼지 묻은

세월의 흔적이 번져 있고,

그때의 추억이 몇편의 시가 됐다.

이제 늙었으나,

그래도 시를 쓰거나 읽을 때가 늘 즐거우니

달리 희롱할바 아니다, 다만 아내의 간병에

딴전이 될까 염려한다.

....

소인한거위불선小人閑居爲不善이라더니

이제 늙어서 그런지 지나간 영상들이 자꾸 떠올라

그것을 시라고 썼더니 이렇다.

사람의 저녁

ⓒ 2014 박현태

초판 발행 2014년 5월 23일
초판 1쇄 2014년 5월 28일

지은이 박현태
펴낸이 홍순창
펴낸곳 토담미디어
110-380 서울시 종로구 돈화문로 94(와룡동) 동원빌딩 510호
Tel 02-2271-3335 Fax 0505-365-7845
출판등록 제2-3835호 2003년 8월 23일
http://www.todammedia.com
북디자인 김연숙
ISBN 978-89-92430-98-2